Das ist so ziemlich das Schlimmste, was ihm passieren kann: der Tierarzt. O-Schreck-laß-nach, den seine Freunde auch Oschi nennen, hat schreckliche Angst. Er flieht, er versteckt sich, er versucht alle Tricks. Aber alles geht schief. Und doch ist Oschi am Ende zufrieden.

Middelhauve Bilderbuch

1. bis 11. Tausend

Printed in Germany 1991
ISBN 3 7876 9304 1

3e

Frank Muir · Joseph Wright

O-SCHRECK-LASS-NACH

Oschi beim Tierarzt

Neu erzählt und neu gemalt
Deutsch von Harry Rowohlt

Gertraud Middelhauve Verlag

O-Schreck-laß-nach, von seinen Freunden auch kurz Oschi genannt, genoß gerade einen Vormittagsschlaf in seinem Körbchen. Er träumte zum siebzehntenmal seinen Lieblingstraum.
Den Traum, in welchem der junge, furchtlose Afghane Prinz Amir von Kinjan für den König am Khaiber-Paß einen wilden, menschenfressenden Schneeleoparden jagt.
Doch als er mit seinem Traum halb fertig war, störten laute Stimmen seinen Schlummer.
»Ich hab' eben noch mal nachgesehen«, sagte eine Dame im Nebenzimmer, »und da schlief das Tier immer noch. Irgendwas stimmt da nicht. Wir müssen mit ihm zum Tierarzt . . .«

Zunächst drangen diese beängstigenden Worte nicht so recht ein.
Dann plötzlich wurde ihm das Wort *Tierarzt* bewußt, und auf einen Schlag war er hellwach.

»Der Tierarzt!!« So schnell, wie man blinzeln kann, war das Hündchen durch die Hintertür ins Freie gestürzt. Es raste durch den Garten und verschnaufte nur, als es sich in Sicherheit wähnte. Es keuchte so heftig, daß sein Kopf in einer Wolke steckte.

»Na? Ist uns heiß und bang zumute?« sagte eine Stimme.
Neben ihm, lautlos aus dem Nichts aufgetaucht, war die Katze-von-nebenan.
»Warum rennst du eigentlich so?« fragte die Katze.
»Sie wollen mit mir zum Tierarzt!« keuchte der Hund traurig, »weil sie finden, daß ich zuviel schlafe.«

»Wenn meine Familie versucht, mit mir zum Tierarzt zu gehen«, sagte die Katze, »kratze und kratze und kratze ich sie, und dann renne ich einen Baum hinauf. Das solltest du auch tun. Oben auf dem Baum können sie dir nichts anhaben.«

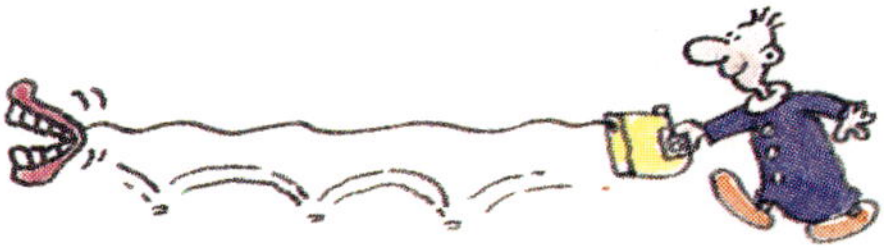

»Stimmt«, sagte der Hund, »da oben bin ich in Sicherheit. Vielen Dank; du bist so klug. Aber«, sagte der Hund, »wie komme ich den Baum hinauf?«
»Folge mir«, sagte die Katze, und einen Augenblick später leckte sie sich in aller Gemütsruhe auf dem allerhöchsten Ast der hohen Eiche ihre Pfote.
Es gelang O-Schreck-laß-nach, sich bis auf den untersten Ast hochzuziehen, gut und gern einen Meter über dem Erdboden. Dort blieb er stecken. Er blickte nach unten, und das war ein Fehler. Ihm wurde schwindlig. Unter ihm schien der Garten in Bewegung zu geraten. Oschi stürzte.

Er bekam gräßliches Kopfweh, und aus dem Kopf heraus wuchs ihm eine dicke Beule. Unter Schmerzen fand er den Weg zurück in sein Körbchen.

Doch als er sich niederließ, hörte er den Mann rufen: »Ich hole einen Pappkarton aus der Garage. Damit können wir das Vieh zum Tierarzt bringen.«

Wieder fuhr O-Schreck-laß-nach hoch
und brauste aus dem Haus wie eine behaarte
Rakete.

Der Besucher im Schuppen war nur die Katze-von-nebenan.
»Warte!« schrie sie dem fliehenden Hündchen nach. »Ich habe eine bessere Idee!«

Zu spät. Sie beobachtete, wie Oschi über die Tür setzte. Auf der anderen Seite rappelte er sich hoch und betastete die zweite Beule, die aus seinem Kopf herauszuwachsen begann. »Jetzt muß ich aber wirklich zum Tierarzt«, dachte er verzweifelt.

Diesmal wagte er sich nicht in sein gemütliches Körbchen zurück.
Stattdessen versteckte er sich in einem kalten Loch unter der alten Scheune.

In seinem Kopf hämmerte der Schmerz, und er fragte sich, wie lange er wohl versteckt bleiben mußte; jeden Tag würde er hungriger und dünner werden. Da erschien schon wieder die Katze-von-nebenan.

»Warum bist du nicht stehengeblieben, als ich gerufen habe?« schrie die Katze-von-nebenan. »Ich habe die vollkommene Methode zur Vermeidung von Tierarztbesuchen erfunden.«
»Und zwar?« fragte O-Schreck-laß-nach ohne Hoffnung.
»Verkleide dich!« sagte die Katze-von-nebenan. »Du verkleidest dich als etwas anderes, und deine Familie erkennt dich nicht! Dann kannst du durchs Haus gehen, als wärst du unsichtbar!«

O-Schreck-laß-nach zweifelte.
»Als was soll ich mich denn verkleiden?«
»Als Kuchen«, sagte die Katze-von-nebenan.
»Du bist ein dicker, großer Kuchen.«
»Meinst du, das klappt?«
»Natürlich. Hast du schon mal von einem Kuchen gehört, der zum Tierarzt mußte?«
Oschi dachte darüber nach und mußte zugeben, daß er davon noch nie gehört hatte.

Er wartete an der Hintertür, bis die Luft rein war.
Dann schlich er in die Küche.
Und dann bereitete er den Kuchenteig. Er nahm drei Dutzend Eier aus dem Kühlschrank, mehrere Flaschen Milch, vier Tüten Mehl, etwas Sirup und eine Staude Bananen; es sollte ein Obstkuchen werden.
Dann sprang er in die weiße, klebrige, klumpige Mischung.

Wohlgemut, weil ihn nun niemand erkennen konnte, ging er den Flur entlang und zum Wohnzimmer, wo alle versammelt waren. Unglücklicherweise begann der Kuchenteig plötzlich hart zu werden.
Die Katze, die ihn aus dem Wohnzimmer beobachtete, wälzte sich auf dem Boden vor Lachen.
Da hörte O-Schreck-laß-nach, wie das Mädchen, das im Haus wohnte, rief: »Alles in Ordnung! Das Tier ist aufgewacht. Jetzt braucht es nicht mehr zum Tierarzt!«
Und Flinki, die Schildkröte der Familie, ging langsam an ihm vorbei.
Als das Mädchen Flinki aufhob, sah es O-Schreck-laß-nach und schrie. Er wurde angebrüllt und ins Badezimmer geschleift, um abgeschrubbt zu werden.

Als seine Mutter ihn in seinem Körbchen sah, sagte sie: »Ich werde nie aus dir schlau werden. Da liegst du in deinem Körbchen, hast zwei schlimme Beulen am Kopf, bist abgeschrubbt und gekämmt worden ... Alles, was du nicht leiden kannst, und läßt dir nichts anmerken!«
»Ich weiß nicht, ob du das bemerkt hast, liebe Mutter«, sagte O-Schreck-laß-nach, »aber als das Mädchen mich auf dem Flur gesehen hat, war es so aufgebracht, daß es Flinki fallen ließ.«
»Ja, das hab' ich bemerkt«, sagte seine Mutter. »Aber was du vielleicht nicht bemerkt hast, ist, daß es Flinki auf die Katze-von-nebenan fallen ließ. Sie wurde soeben zum Tierarzt gebracht!«

Sehr zufrieden fiel O-Schreck-laß-nach in einen wohltuenden Schlaf und träumte zum achtzehntenmal von seinen Abenteuern am Khaiber-Paß.